अपराध की भावना

REVEAL DEATH

सुमीत कुमार

Copyright © Sumeet Kumar
All Rights Reserved.

This book has been published with all efforts taken to make the material error-free after the consent of the author. However, the author and the publisher do not assume and hereby disclaim any liability to any party for any loss, damage, or disruption caused by errors or omissions, whether such errors or omissions result from negligence, accident, or any other cause.

While every effort has been made to avoid any mistake or omission, this publication is being sold on the condition and understanding that neither the author nor the publishers or printers would be liable in any manner to any person by reason of any mistake or omission in this publication or for any action taken or omitted to be taken or advice rendered or accepted on the basis of this work. For any defect in printing or binding the publishers will be liable only to replace the defective copy by another copy of this work then available.

सुमीत कुमार

सुमीत कुमार, एक वयस्क जो जीवन के कई चरणों का अनुभव करता है, एक प्रसिद्ध लेखक और नए युग के लेखक हैं। वास्तव में वह एक लेखक होने के साथ-साथ गायक, कवि, शायर, उद्धरण लेखक, गीत लेखक और एक कलाकार भी हैं। एंकर या स्टैंडअप कॉमेडियन। उनके बारे में बहुत ही रोचक और दिलचस्प तथ्य यह है कि वे नए युग के लेखक हैं यानी उन्होंने अपने लेखन की यात्रा उस उम्र में शुरू की जब वह अध्ययन करने के लिए स्कूलों जा रहे थे। उनकी 100 पुस्तकों की स्ट्रीक महान होगी भविष्य में उनके लिए उपलब्धि, उनकी कुछ प्रसिद्ध रचनाएँ यानी प्रेम की परिपक्वता (शैली _प्रेम) स्वप्न की

गोपनीयता (शैली-मध्य वर्ग की जीवन शैली)।

आप नोटियन प्रेस, अबे बुक्स, इम्युजिक इन, फ्लिपकार्ट, एमेजॉन, किंडल, इंस्टेंट रीड लाइक ईबुक, किंडल, गूगल, इंटरनेशनल साइट्स और कई अन्य से भी उनकी किताब खरीद सकते हैं।

स्पॉटिफ़ पर पॉडकास्ट: @ ब्रोकन हार्ट इंस्टा आईडी: बुकहब92
जीमेल: सुमितकुमार 88234 लिंक्डइन: सुमीत कुमार

क्रम-सूची

प्रस्तावना

अज्ञात प्रस्तावना परिचय किसी की मौत अगर एक रहस्या बन कर रह जाए तो वो एक सवाल बन जाता है उस इंसान के लिए जो उस मौत के काफ़ी करीब रहता है, ये उसे दोषी होता है। कई बार हम इंसाफ मिला भी, और के बार नहीं भी। और कभी कभी ये रहस्या ही किशी की मौत की वजह बन जाती है, उस मौत की जिसी खबर किशी को नहीं होती है। कभी कभी तो मौत आई भी होती है लगता है जैसे इसे खुदखुशी की है, ये इसका मर्डर किया गया है, ये अगर ये छत से गिरा है तो कैसे गिरा। और वो साक्षी जो हर रोज ऐसे घर आता था वही तो खूनी नहीं है ना, ये वो पहरेदार है जो हर दिन इसी से बातें करता था कहीं वो तो नहीं है??? अगर बात ये भी नहीं है तो क्या सच में खुद खुशी की, या इसने डिप्रेशन में आके इसने खुदखुशी कर ली। सावल हज़ारों है लेकिन जबाब एक ही है। कुछ जुर्म ऐसे होते हैं जिन्का पता वक्त रहते हैं चल जाता है। लेकिन कुछ ऐसे भी जुर्म होते हैं जिन्का रहश्या पूरी जिंदगी भी अगर हम अपनी लगा ले तो उनका रहश्या कभी नहीं मित्त था लेकिन और उसी वक्त एक नए रहश का पता भी चलता। हर मौत का सौदा होता एश जहान में, कोई यू ही नहीं जलता एश संस्कार में। भले ही राज के होते हैं, सवाल भी वही होते हैं लेकिन उन सब का जवाब एक ही है कि ऐसा दोषी है कौन आखिर में। एक रहे के पीछे कौन है कोई नहीं जनता की कितने सच छुपे हैं और कितने जुठ होते हैं। अजीब रिश्ता है जुर्म और रहस्या का क्यूंकी ये एक दसरे बिना कभी नहीं रह सकते। जैशे साड़ी और रूह एक है वैसा ही जुर्म और रहे भी एक ही है...

"मुराद हो तुम
या कोई फन्ना का
ख्वाब हो
कहर हो तुम
ये सिरफ

ज़ज़बात हो
इल्म तो की थी
तुम्हारे समाधान कि
लेकिन मुक़ाबिल तुम
तो मेरी मौत कि
दुआ हो।
"

भूमिका

सुमीत कुमार

सुमीत कुमार, एक वयस्क जो जीवन के कई चरणों का अनुभव करता है, एक प्रसिद्ध लेखक और नए युग के लेखक हैं। वास्तव में वह एक लेखक होने के साथ-साथ गायक, कवि, शायर, उद्धरण लेखक, गीत लेखक और एक कलाकार भी हैं। एंकर या स्टैंडअप कॉमेडियन। उनके बारे में बहुत ही रोचक और दिलचस्प तथ्य यह है कि वे नए युग के लेखक हैं यानी उन्होंने अपने लेखन की यात्रा उस उम्र में शुरू की जब वह अध्ययन करने के लिए स्कूलों जा रहे थे। उनकी 100 पुस्तकों की स्ट्रीक महान होगी भविष्य में उनके लिए उपलब्धि, उनकी कुछ प्रसिद्ध रचनाएँ यानी प्रेम की परिपक्वता (शैली _प्रेम) स्वप्न की गोपनीयता (शैली-मध्य वर्ग की जीवन शैली)।

आप नोटियन प्रेस, अबे बुक्स, इम्युजिक इन, फ्लिपकार्ट, एमेजॉन, किंडल, इंस्टेंट रीड लाइक ईबुक, किंडल, गूगल, इंटरनेशनल साइट्स और कई अन्य से भी उनकी किताब खरीद सकते हैं।

स्पॉटिफ़ पर पॉडकास्ट: @ ब्रोकन हार्ट इंस्टा आईडी: बुकहब92 जीमेल: सुमितकुमार 88234 लिंक्डइन: सुमीत कुमार

पावती (स्वीकृति)

सुमीत कुमार

सुमीत कुमार, एक वयस्क जो जीवन के कई चरणों का अनुभव करता है, एक प्रसिद्ध लेखक और नए युग के लेखक हैं। वास्तव में वह एक लेखक होने के साथ-साथ गायक, कवि, शायर, उद्धरण लेखक, गीत लेखक और एक कलाकार भी हैं। एंकर या स्टैंडअप कॉमेडियन। उनके बारे में बहुत ही रोचक और दिलचस्प तथ्य यह है कि वे नए युग के लेखक हैं यानी उन्होंने अपने लेखन की यात्रा उस उम्र में शुरू की जब वह अध्ययन करने के लिए स्कूलों जा रहे थे। उनकी 100 पुस्तकों की स्ट्रीक महान होगी भविष्य में उनके लिए उपलब्धि, उनकी कुछ प्रसिद्ध रचनाएँ यानी प्रेम की परिपक्वता (शैली _प्रेम) स्वप्न की गोपनीयता (शैली-मध्य वर्ग की जीवन शैली)।

आप नोटियन प्रेस, अबे बुक्स, इम्युजिक इन, फ्लिपकार्ट, एमेजॉन, किंडल, इंस्टेंट रीड लाइक ईबुक, किंडल, गूगल, इंटरनेशनल साइट्स और कई अन्य से भी उनकी किताब खरीद सकते हैं।

स्पॉटिफ़ पर पॉडकास्ट: @ ब्रोकन हार्ट इंस्टा आईडी: बुकहब92 जीमेल: सुमितकुमार 88234 लिंक्डइन: सुमीत कुमार

1

गतिशील अपराध

ये एक ऐसी कहानी है जिसकी सूरत भी एक रहश्या है और अंत भी एक रहश्या है। अगर समाधान निकला तो ठीक है, अगर नहीं निकला तो एक रहश्या ही रहने देंगे। वक्त के हिसाब से अगर किशी की सचाई का पता चल जाए, तो उसे ठीक करने की वजह भी मिल जाती है, और उस जुर्म का पता भी चल जाता है, जो आने वाला है। एक रिश्ते का भी काफ़ी रहश्य होते हैं एक जुर्म की तरह। उसके भी के राज होते हैं, केई दुष्प्रभा (दुष्प्रभाव) होते हैं, और अगर गल्ती से वो रिस्ता टूट जाए तो उसके अलग ही रहश्य होते हैं। ये पूरी जिंदगी भी हमारी कहीं न कहीं एक रहस्या ही है, एक सवाल है, एक आया है उश सच ये उश जुर्म जो किशी ने कभी किया ही नहीं। हमारी जिंदगी के भी के पात्र होते हैं, मेरा मतलब जैसे एक एन्सां के एक सकल के पिचे केई राज होते, केई नाकाम होते हैं, के अलग पहचान होते हैं। उशी तार एक जुर्म के भी के रहश्या, केई पता, और बहुत सारे साफो के साथ अलग अलग मुखौता भी होते हैं। ये एक क्राइम स्टोरी है उस साक्षी की जिसने अपने मौत के रहश्य को खुद की रूह के साथ ही के बार अपनी बहन में दफ्न कर लिया। वो साक्षी मर तो गया लेकिन उसके समाधान अभी भी उस रहे का पीचा कर रहे जिसके कारण से उसकी मौत हुई थी। किशी की खामोशी को देख कर हम की सारी पूर्वानुमान, और वजाह धुंढते है। लेकिन जब कोई आयशा चेहरा सामने आ जाए जिस्की खुशी से हमें पता ही न चले की उसे कितने दर्द,

कितनी बातें, कितने राज खुद के अंदर छुपे हैं तो बाद में हम तो उसका कितना पहले लंघन होगा। जब किशी की मौत अचानक से हो जाए, तो हम भी ये समझ लेते हैं की ये कोई ऊपरवाले की ही मर्जी होगी, लेकिन जब एक चीने भी मर जाती है तो कोई ये नहीं कहते हैं यही समझौता है की ये कुदरत का खेल है। लेकिन हर एक साक्षी के पीछे कुदरत है तो वो विश्व में किशी इंसान को बना ही नहीं। किशी की मौत आजकल कुदरत की पहचान नहीं होती है उसके पीछे जो वजाह है वो हम कभी दुधना ही नहीं चाहते। रहेश तो हर एक साक्षी के मौत के पीछे चाहे वो खुदा की कहर से मारे या इंसान की। खैर शुरू करते हैं एक ऐसी मौत का रहस्या को जिसके चरित्र तो क्या हैं, लेकिन उसका मुजरिम कोई एक है ......

"अपराध और रहश्या
में एक अजीब ही
कशिश है
क्यूंकी ये दोनो
एक दसरे के
बिना नहीं रह सके......"

2

अजीब रिश्ता

अजीब आंकड़ा उस दिन के बाद वो काफ़ी मिलने लगे एक दसरे से उनके बीच काफी बातें होने लर्गी, लेकिन जिश रिलेशनशिप में आवा जॉर्ज के साथ आना कभी नहीं मिला। हमेश उशी पे ध्यान देता था और ज्यादातर वो वैशे परिवार की मदद करता तो आम तौर पर लेकिन विकृत थे। उसकी खुद की एक संस्था भी थी जिसके मदद से वो ये सारे काम करता था। ये एक और वजह थी जिससे लोग उसे काफी ज्यादा पसंद करते थे। जॉर्ज की ना ही कोई कामज़ूरी थी जिसके कारण से लोग उसे ब्लैक मेल कर खातिर भले ही वो कफी आची परिवार से संबंध क्यों न करता हो ..वैशे एक बात बता दूं जॉर्ज का जन्म इंडिया के एक सेहर कैसा नाम आपने मॉम और डैड के तलाक की वजह से उसे उसकी मॉम ने एम्स्टर्डम भेजा, उसके पास इतने पैसे थे कि वो पुरा बंगलौर खारिद सकाता था ..फिर भी उसे एक आयशा सेक्टर चुना जिसे वो लोगो की मदद कर खातिर। वैशे उसके डैड भी एक कार्डियोलॉजिस्ट थे, और उसकी मॉम एक बिजनेस वुमन थी जो की कफी चालक थी, घर का कोई भी फैसला लेना ये कोई भी काम उनसे पूछे बिना नहीं किया था। घर) उनके तलाक की एक ही वजह थी की जॉर्ज की माँ किशी और से प्यार करती थी जिसके और उसके पिता भी ऐसे थे जिन्होने पहले ही दो शादी कर राखी थी। असली नाम वैशे सनत क्षत्रिय था, और उसकी माँ का पुराना नाम पलक क्षत्रिय था, और उसके पिता का नाम अनुराग क्षत्रिय

था। जॉर्ज के डैड को ये पता था की पलक उससे प्यार नहीं करता वो किशी और से प्यार करता है।

लेकिन उनसे कभी भी कुछ नहीं बोला क्योंकि वो खुद ही जनता थे की कहीं न कहीं वो खुद भी गलत है। जब उनकी सुरु सुरु में शादी हुई तब उस वक्त जॉर्ज की माँ कुछ भी नहीं एक साधारण महिलाओं के इलावा, और जो कुछ भी वो बाद में बनी वो जॉर्ज के दादाजी के वजाह से बन्नी, क्यूंकी वो बैंगलोर के बहुत बड़े। और वो अपनी बहू पलक को कफी माने थे, कफी केयर करते थे उसकी इशलिय उन्होन मरते समय भी उनके आने वाले बच्चे के नाम मेरा मतलब है जॉर्ज के नाम पूरी संपती कर दी।) जॉर्ज के दादाजी उसके मॉम पे कफी भरोसा करते थे तबी जिश दिन उन सब के बारे में पलक से बात की तबी उसके कुछ दिन बाद ही उने दिल का दौड़ा पारा जिसके कारण से उनकी मौत हो गई... उन आपने पूरी संपति जॉर्ज के नाम भी कर दी जैशे ही पूरी संपति जॉर्ज के नाम की और उसके कुछ ही दिन बाद वो मार भी गए। और ऐसी क्या बात थी जिसके लिए वह दिल का दौरा परा। घर उनका बेटा एक कार्डियोलॉजिस्ट था, तो उसे उन बच्चों क्यों नहीं ?? ये रहश्या अखिर है क्या और जॉर्ज के दादा की मार्ने की वजह एक दिल का दौरा है ये उन्हे किशी ना मार दिया। अगर मारा भी तो क्यूं मारा किसने मारा, और किशलिय मारा ??

"नदाव्वत की है मेरी

नफ़्स ने मेरे

मार्ने के बड़े

मुझसेः

क्यूंकी जिश चीज़

को ये अपना हमदर्द

समझौता थी

वही हरीफ भनिकलिक

इसकी बरबादी की....

अगर वक्त के साथी

वक़िफ़ हो जाता

सुमीत कुमार

अपने मुकाबिल से
तो मार्ग ना
मिल्टी मुझे
एन सीतारो में ...."

3

तथ्य प्रकट

जिश वक्त पलक को जॉर्ज के दादाजी ने बुलाया था, और जो वसीयत पेपर को उस वक्त जो उन ने बनाया था, और देखा था उसमे जॉर्ज के इलावा किशी और का भी नाम था, और वो नाम तरुण का था क्यों की क्या आगरा में मार गया तो ये सच कभी बहार बना ही आया अकी उसका एक और बेटा होगा ही नाजायज ही सही लेकिन क्षत्रियों का खून है वो, उस दिन उन में अनुराग के बार में और उसकी पादुसरी कविता के बारे में बताया मेरे मार्ने इके बाद तुम सब एक साथ रहो तबी में संपति तुम दोनो के बेटे के नाम होगी। उस वक्त तो पलक ने खुशी खुशी उनकी बात मान ली लेकिन किसी को पता था, क्या उसके आने वो उनके साथ। कुछ ही डर में वो वहां से चली गई, और उसकी कुछ ही डर में जब सत्य और तरुण आए और वो भी उनसे मिल कर कुछ ही डर में चले गए। तबी उस वक्त पलक फिर आई उसके साथ आई जिससे वो प्यार करती थी, और जब उन लोगों ने दोनो को साथ में देखा तबी ...उनके कुछ पुछ्ने से पहले ही पलक और उसके प्रेमी और फिर मिल गए मौत जिससे सब के ये लगे की ये सिरफ एक हडसा ये घाटा है और कुछ नहीं।उन्हो उस वक्त एक ऐश ड्रग उन्मे मिला जिस्का नाम (एनएसएआईडी) था जो एक हर्ट मरीज के लिए कफी गर्म और कभी कभी हर किसी की विफलता ये है। (सब को ये लग रहा होगा की ईश चिज का पता नहीं चला ब्लड में ये रिपोर्ट)।पाटा तो तब चलता न जब ईश बात को कोई बताता, क्योंकि वहा का एक

डॉक्टर जॉर्ज के दादाजी के मर्डर में सम्मिल था। इश्ली जब अनुराग ने ये बात पुची तब उस डॉक्टर एनआर ही उन्हे बता की ऑक्सीजन लेवल में कमी करने की वजह से उनकी मौत हो गई .. आगर उस वक्त अनुराग ने रिपोर्ट की तरफ एक नजर दिया होता तो ये नहीं दिन उसे कभी? अगर जॉर्ज के दादाजी अगर किशी पे खुद से ज्यादा भरोश नहीं करते तो ईश तार से उनकी मौत बिलकुल नहीं होती। उसके बाद उनकी पूरी संपति जॉर्ज और तरुण के नाम लेकिन थे, इसी वजाह से पलक तरुण को भी मरना कहती थी, लेकिन उस वक्त ये नहीं हो सका, क्योंकि हर वक्त अनुराग उसके साथ साथ ही रह गए थे। उनसे मरना थोड़ा सा मुश्किल था। और उस वक्त पलक गर्भवती (प्रीग्रेंट) भी थी जिसके कारण से वो उसे मार नहीं सकती। की मौत हुई थी, जो की एक बहुत बड़ी बात थी सबके लिए। उस्ने सोचा की वक्त आने पे वो उसे भी मार देगी। तब तक जीने दो उसे..

.. अभी मौत का सौदा खतम नहीं हुआ था। अभी तो के आइश रहश्या है, जिनसे पर्दा उठाना जरूरी है। (कर्म का नाम सुन्ना है कभी अगर किशी से सुन्ना है तो उसे उसका मतला पातका चल जाएंगे अपार अगर नहीं तो जान लो) उसके कुछ महान बाद ही, जब वो प्रेग्रेंट थी टैब 9 माहिन पुररे हो गया उसमे एक उसे एक जीका बच्चों का गर्भपात हो गया और वो जन्म से पहले ही उसकी मौत हो गई। जब ये सब कुछ हुआ तब उस वक्त अनुराग उससे साथ नहीं था, जिसके कारण से उसे और अर्जुन ने ये सोचा की अब से सारे हमारे हाथ और इस्का मालिक सिरफ अनुराग का बेटा तरुण बन जाएगा .. तब अर्जुन ने ये बोला की क्यों हम किशी और बच्चों को तुम्हारे बेटे की जगा गौड़ ले ले, जिस हमारी भी संपति भी घर जाएगा और |

"

जिश फरोघ की
तुम्हें तलब हुई है
उसकी मुराद बश
एक मार्ग ही है....

और कुछ नहीं...

4

समाप्त प्रमाण

क्या उस दिन जॉर्ज के दादाजी की मौत सच में दिल के रास्ते से हुई ये उने किशी ने सच में मर डाला था? यही भ्रम सबके मान अभी कहल रहा होगा .. तो चले देखते हैं सच्चा क्या है। जिस दिन जॉर्ज के दादाजी ने सारी बात पालक से कहीं थी तबी उनहोन एक और बात भी कहीं थी की, अगर मेरी मौत हो गई तो सारी संपति पे सिरफ मेरे पौत्र का हाक होगा और किशी का नहीं वही मेरे पास होगा के मेरे जाने के बाद मेरी विरासत को वही चलेगा, अगर गल्ती से उसकी भी मौत हो गई, तब उस पूरे संपाती का मालिक सिरफ एक ही इंसान वो तुम हो (यानी की पलक ही, जॉर्ज बड़ हमारे सम्पति के लिए) और कोई नहीं।) पलक ये सुनका कॉफी खुश थी क्योंकि उसके ससुर की पूरी संपति उसे मिलने वाली थी ... संपति अपने बेटे को अनुराग क्षत्रियों को क्यों नहीं दी? ठीक आयशा भी क्या हुआ था की उन्होन अपनी सारी संपति एक आइश इंसान को दे दी जो की आपका भी नहीं था। आखिर कौन सी बात है? फिर से एक आयशा रहे जिसके सामने क्या हैं लेकिन जवाब एक .जॉर्ज के दादाजी ने अपनी पूरी संपति आपने बेटे के नाम इशलिये नहीं की क्यों वो आपके बेटे की सच्चे जाने थे, सच्चे कौन हैं? दौरा नहीं लेकिन की वो बिम्मार थे, इशलिये पर क्यूंकी उन्हे ये बात अच्छी तरह से पता थी कि उनके बेटे की एक और भी पत्नी है और उनकी पलक के इलावा एक दिन और बहू भी है और उसके भी दो हैं। पता चली उसी दिन उन्होने आपने बेटे सत्य को बुलाया

और पक्का की क्या ये सच, तब उन कुछ ही डर में बोला की हा, डैड ये सच है में पहले से ही किशी और से प्यार करता था लेकिन मुझे क्यों नहीं बताया वो आपके दुश्मन की बेटी है। कौन सा दुश्मन? आकाश नाथ, तूने आकाश नाथ की बेटी से शादी की और उसे तुझे कुछ नहीं बोला। मुझे माफ करना डैड लेकिन उसे बोला था की तुम अगर दिया आपने कंपनी के सारे टेंडर लेकर दे दो तो में तुम्हें अपनी बेटी से शादी करूंगा। तू मेरी औलाद नहीं हो सकता है निकल जा मेरियो नजरों से पापा मुझे माफ करदो पापा मुझे माफ करदो.

तूने एक बार भी पलक के बार में नहीं सोचा उसका क्या जिसके साथ तूने साथ जानेमो की कसम खाई है, अगर उसे पता चला तो मैं कौन सा सेहरे उसके सामने लेकर जाऊंगा। लेकिन जाता है, और उशी वक्त उन्हे हॉस्पिटल लेकर गया जाता है, जहां वो खतरों से तो बाहर रहते हैं, लेकिन आप से नहीं। ही जिनसे वो खुद से ज्यादा प्यार करते हैं उनके कुछ दिन में इतने बड़े दुश्मन बन गए हैं जो उनके खून के प्यारे हैं।

"अक्सर पूछे जाने वाले प्रश्न मेरी नफ्स
ही जंति है कि
मेरी मौत की वजाह
क्या थी ...."

जिश हॉस्पिटल में उन्हे लेकर जया जाता है उसी हॉस्पिटल में उनका खुद का बेटा ही एक कार्डियोलॉजिस्ट डॉक्टर था जिसे उनका ऑपरेशन खुद ही किया था। पेपर बनबया जिसमे ये साफ साफ लिखा था की उन सभी अपनी सारी संपति अपने पौत्र को दी है। हो जाएंगे की ये क्या हुआ। पलक के जाने के बाद कुछ ही डर में उनका बेटा अनुराग भी वही आता है आपके बेटे के साथ जिसका नाम, तरुण था.उशी वक्त वो आपके पहले पौत्र से भी मिले मिले, उस्फी दे वक्त क्यों आखिरी कर भाले ही उनके बेटे ने गल्ती की थी तो उसमे उस बच्चे का क्या कसूर जो सिर्फ 3 साल का था मातृ। अनुराग ने उस वक्त भी उनसे माफी मांगी थी, लेकिन उन लोगों ने उस वक्त उन लेकिन जब अनुराग वहा से कुछ डर के लो ये बहार

निकला, और जब वो फिर से आपके बेटे को उसके घर छोडकर वापस आया तो उसके पिता उस वक्त मर चुके थे। उसे ये बात समाज नहीं आ रही थी अभी तो उसके पिता था कभी। ,उसने सब से पुछना ये सुरु कर दिया लेकिन सब का उस वक्त एक ही जवाब था की। ये बेहोश हो गए थे उनमें सास लेने में दीकत हो रही थी... पीछे भी कोई राज है, सावल तो अब भी, आखिर किसने मारा इन, कौन है मौत के पिचे का दोशी ... वो दुनिया में नहीं है....

राज बोहोत से हैं लेकिन जवाब एक ......

5

कम से कम गणनीय मृत्यु

वकील की मौत, अर्जुन का जेल जाना, इन सब के बीच एक ही लिंक था, सब के पीछे एक ही इंसान, अर्जुन की सबसे बुरी आदत ये थी की हर वक्त आपके साथ एक चाकू को कायरे, करता है को मार्ने जा रहा था, उससे पहले वो पलक के घर उससे मिलने आया था तब भी उसी वक्त अनुराग भी वह आया, तबी उसे देख कर, अर्जुन ने जलबज्जी में आपने चाकू को एक डेस्क पर रख दिया, उसी के लिए मेरे लिए केई तो ये खबर थी की ये किशी और से प्यार करती, और ये मुझे धोका दे रही, तब भी ये बात उस दिन वो उसे पुचने ही आया था कि उसने अर्जुन को अंदर जाकर देखा भी लिया था। चालक से उस चाकू कब आपने पास रख लिया (क्योंकि पहली बात तो वो छक्कू आयशा था की जो अर्जुन के पास ही ज्यदातर रहते थे, और अनुराग ने उसे काई बार उस चाकु को उसके साथ देखा था) और तब मुझे पल और ये बात पता ही नहीं चली की वो चक्की है कहा और इससे पहले की अर्जुन वकील के पास पऊ छठा उससे पहले ही अनुराग ने वहा उसे मार दिया, और उसे उस वक्त दस्ताने पहनने वाले थे जब अर्जुन वह आया तब अनुराग भी वही कहा था, और उसे पहले ही कॉल लैंडलाइन से पुलिस को बुलाया था। की मौत हो गई अब जितनी जदली हो घर आ गया नहीं तो वो फरार हो जाएगा जब पुलिस

कौन हो तुम और कौन फरार हो जाएगा, उसे पहले ही उसे कॉल किया था। वक्त पे अर्जुन को देखो उसे दोशी समझौता, और वो चाकू भी वही था जिसके कारण पुलिस को एक शकबूट मिल गया अर्जुन के खिलाफ और जब पुलिस ने चक्कू पे लगे निशान को और अर्जुन की तब उंगली के निशान मैच में अर्जुन ने ही की है.एक और बात थी वकील ने मार्ने से पहले अनुराग को सब कुछ बता दिया था की वो तुम्हारे बेटे के साथ क्या करने वाली, और उसे ही तुम्हें गलत पेपर दिखये, जिसके तुम्हारे भी सम्पति से है वो उसे हो जाए तब से अनुराग ने ये सोच ली या था वो आपके बेटे को बचाने के लिए कुछ भी करेगा

और उसे वहा से असली वसीयत पेपर की कॉपी भी उसे खुद के साथ ही रखली...एन सब के बाद अनुराग ने तरुण को इतना खुद से और पलक की नघाओं से इतना दूर भेज दिया, क्या पता वो भी देखा था की अगर उसे ये बात पता चल गई की एन सब के पीछे में ही हूं तो वो न मुझे छोड़ गी, न ही मेरे परिवार को, और ये करन था जिसके कारण से बड़े ही चालक से अनुराग ने कभी संबंधों के लिए अपनी पूरी सचाई बता दी, की में पहले से शादी सुदा हूं, मेरे दो बच्चे भी हैं, मुझे पता है में अब तुम्हारे लायक नहीं हूं, क्योंकि जो गलतियां मैंने की उसमें कोई माफ नहीं है अगर हो खातिर, कृपया मुझे वो चीज आपके हक में दे दो। मुझसे तलाक चायिए इश्ली नहीं की में गलत हूं, इशलिये क्यों में नहीं कहता की मेरी गलतियों की वजह से तुम सफर अभी भी, क्यों की संपति, और लिगेसी मुझे कुछ भी नहीं छैये ये सब तुम ही रखलो, लेकिन ई के गुजरिश है की जिंदगी में कृपया आगे बढ़ो। भी अपने पहले प्यार के बिना नहीं रह सकता। सब फरेब के बाद जो की अनुराग ने उस वक्त पलक के साथ खेला था,

कि वो उसे तलाक दे दे जिसके कारण से वो तरुण को कुछ न हो। लेकिन एक बात अभी भी खतरनाक रही है की जब अनुराग वकील को मार सकता है, तो वो पलक को भी तो मर सकता है। नहीं ???? के लिए सब के बाद पलक ने तलाक के कागजजात पे आपके हस्ताक्षर (साइन) कर दिए और बहुत कर उनका तलाक हो गया। उस वक्त पाला उसके दूर को समाज नहीं पई इशलिय उसे हस्ताक्षर तब उसके लिए भी दिए नहीं

की..अगर वो उस वक्त थोड़ी भी कोसिस करता तो सहयाद अर्जुन उसके साथ होता। अब सत्य को लगने लगा की उसे आपने बेटे को बचा लिया, लेकिन क्या सच में बचा लिया ?????? क्या सच में मौत सये से दूर था। ईश खेल में सबसे बड़ा मोहरा अभी बक्की ये है की अनुराग ने ही अपने डैड को मारा था, (भले ही उस वक्त अर्जुन और पलक ने उन्हे नैइस दिया था लेकिन उस वक्त उनकी ससेओं चल रही थी) लिए, तबी उन लगा की उनकी मौत हो गई है, लेकिन आयशा बिलकुल नहीं था, तो फिर उनकी जान ली किसने, किस ऐसी हटा की, कौन है दोशी ?? खिसा नहीं है ये, सब मोहब्बतें परये यह सब जिंदगी के नाते हैं। हर वक्त एक राह से है ईश कहानी में ....

"हर वक्त खुद को एक
रकीब मनः
और दुसरे को हमदर्द
तिस्ना तो में भी
था मोहब्बत का
प्रति उष खुदा ने
इस्की फरोघ किशी और को दे दी .... *"*

गुमनाम सच

भले ही मंजिल आखिरी है लेकिन सफर अभी खतम नहीं हुआ ..20जुलाई साल 2020 आज जॉर्ज जब पूरे 20 साल का हो गया था, और वसीयत कागज के इतिहास पूरे 70 प्रतिशत मलिक भी क्षत्रिय विरासत का ये खबर हो अब सब कुछ जॉर्ज आब 20साल का हो गया जो उसके दुश्मन थे। मैंने पहले भी बोला था की एम्स्टर्डम में जॉर्ज का कोई दुश्मन नहीं था। लेकिन भारतीय में उसके सारे दुश्मन थे जो के उसके जान के पीछे थे। जॉर्ज को तो कभी ये बात पता ही नहीं थी की वो 70 प्रतिशत का मलिक हैं। क्योंकि पलक ने उसे कभी ये बताया ही नहीं, और कैसे बताती क्योंकि उस वसीयत कागज में साफ लिखा 19 था सा की अगर की वजह से जार्ज हो गया के बाद तब उसकी पूरी संपति और क्षत्रियों की विरासत पलक के नाम ये अनुराग के नाम हो जाएगी ... लेकिन जॉर्ज के दादाजी को उस वक्त ये बात पता नहीं थी कि जिन लोगों पर सबसे ज्यादा भरोसा करते हैं, प्यारे लोग हैं उनके खून के प्यार है। आब जॉर्ज के साथ कुछ आयशा होने वाला था जिसी उम्मेद किशी को नहीं थी। उसकी खुद की मा ने। मेरा मतलब पलक ने जॉर्ज को मार्ने के लिए खुद की बेटी जो की कोई और नहीं अव थी। हा अवा ही थी उसी असली बेटी। जिसे पलक ने उसे मारने के लिए भेजा था, आवा अर्जुन और पलक दोनो की बेटी थी, वो भी शादी के पहले ही, लेकिन ये बात न जॉर्ज के दादाजी को पता थी और न। जॉर्ज को मारने के पीछे एक और वजह थी की अगर उसकी मौत हो गई तो अर्जुन को जमात मिल जाएगी। बोला की अगर तुम इतने पैसे दे दिए तो अर्जुन की जमात में कारवाउंगा, उस मामले से बहार निकलने की जिम्मेदारी मेरी होगी। . यह उसने उस वक्त इंतजार किया जब जॉर्ज 20 साल का हो जाएगा तब उसे मार कर सारी संपति खुद के नाम कर लुंगी और रही बात तरुण जिशे अनुराग ने बहुत पहले ही पलक की निगाह से भी होगी उसके पास पाच न खातिर। और पलक को ये लग रहा था की तरुण को अर्जुन ने जेल जाने से पहले ही मार दिया है। आवा को उसे भेजा तो था जॉर्ज को मार्ने के लिए लेकिन उसने मरा नहीं

क्योंकि वो उसे प्यार करने लगी थी, और वो कहती थी जो भी रहश्या है, ये वो जिश वजह से भी अमेस्त्रदन आई है।

एवा ये सारी बातें उसे बताता ही जा रही थी उसे उसी वक्त अस्पताल की तरफ उस वक्त पुकारा भी, फिर भी कफी जल्दी में था, इशलिये उसे सुन नहीं दिया कुछ भी वहां तब भी तब तक टकरा मार दी, इसी वजाह से वो बेहोश हो कर वही लेकिन गिर गया, दुर्घटना इतना बुरा हुआ था की उसकी तंत्रिका थोड़ी देर तक रुक गई थी कुछ समाज नहीं आ रहा था की, जब आवा ने उस वक्त उसे दे दिया था की, ये हुआ तो आखिर क्या, क्योंकि आवा तो बिलकुल उसके पीछे ही थी, और दसरी बात ये थी की वो कार गलत साइड पे पहले से वहा चल रही थी, जिसके कारण से आवा ने जॉर्ज को काय से कहा लेकिन जल्दबाजी में उसे आवा की सुननी ही नहीं थी उस वक्त, आवा ने उसे भी देखा भी किया लेकिन जॉर्ज की हलत देख कर वो सबसे पहले अस्पताल लेकर गई क्योंकी उसके नर्व नहीं चल सेर थे। इशिलये उश वक्त अवा कफी डर गई थी और उसे लग रहा था कि जो कुछ भी आज जॉर्ज के साथ हुआ है उसमें वजाह वो खुद है, क्योंकि पलक को उसे पहले ही मन्ना कर दिया था की वो जॉर्ज की नहीं मेरीगी। जब उसे अस्पताल पौंचा दिया, तब उस वक्त कुछ उसे ही ला बाद की एन सब के पिच उसकी माँ का हाथ है..क्योंकि पहली बात जॉर्ज 20 साल का हो गया था तो आवा को उस वक्त कफी याकेन हो गया था की उसे पीछे उसकी माँ का हाथ ही है..उसने पालक से पुचा भी, लेकिन उसके लिए साफ साफ मन कर दिया ये कहते हैं अगर मुझे लगता है मरना ही होता तो मैं तुम वहा क्यों भेजता हूं, और इतने वक्त तक इंतजार क्यों करता हूं, अगर में कहता हूं तो पहले भी उसे करता हूं। उस ने आपके खून के रिश्ते को छोड़ कर उसे चाहा सुरू कर दिया, और उस दिन उसे पालक से ये बात भी कहीं की अगर किशी ने जॉर्ज के पीछे मोड कर देखा भी ये उसे मारने की लेकिन वक्त मेरा होगा और उसकी जान में ही लुंगी, और आपने आयशा कभी किया तो में भूल जाओगे की आप मेरी क्या लगती है। तो बस इससे बाहर रहो मेरे प्यार से ... ये तो कुछ नहीं है अभी तो एक आयशा मोड आने वाला है जिसी उम्मेद भी किशी ने नहीं की होगी, वो दुर्घटना कोई हडसा नहीं था क्योंकि उश वक्त सच में

जॉर्ज को मारने के लिए ही। उश कार ने गलत साइड लिया था|

और उसके पीछे वही इंसान, जिस वकील को मरा, अर्जुन को जेल पहुचाया...यानी की जॉर्ज के पिता ने ये सब किया था, लेकिन उन लोगों ने आयशा किया क्यों, क्या वजाह होगा। अस्पताल गई तब वह लेकिन न ही कोई डॉक्टर थे और ना ही जॉर्ज था, आखिर वो गया कहा, क्या किशी ने उसे किडनैप किया, ये उसे मार दिया गया..लेकिन एक बात बता दू एन सब के पीछे अनुराग का हाथ नहीं। ..मेरा मतलब उसके नकली पिता का काम नहीं था, और न ही पलक ने कुछ किया था, ठीक किया तो किया किसने। आवा जो की जॉर्ज को मारने आई थी उसे बाद में जकर उससे प्यार हो जाता है, पलक जिशने उसे मारने के लिए अपनी बेटी को भेजा लेकिन वो कम्याब नहीं हुई, और तीसरी तरह इतना ही अनुराग को प्यार हो गया है। है, और तरुण कहा है, और अनुराग को ये बात पता भी थी कि वो उसका आपका बेटा नहीं है, तब भी उसे मारने कोसिस क्यों की, क्या संपति के लिए और सबसे जरूरी बात है मिर्जा परिवार का क्या बेटा है कैसे हुई क्या सच में वही वजाह है जो सबने बताया ये कुछ और ही है?????? मैंने कहा था न रहश्या भले ही एक हो लेकिन उसके चरित्र के होते हैं। अगर दुंध पाए तो ठीक है तो रहस्या का जबाब अगर नहीं तो थोड़ा सब्र करो इसके आगे की कहानी जाने के लिए....

"न ही कोई मुराद हूं में
ना ही कोई इक़रारी
न ही कशिश का चांद हूं में
और ना ही कोई ख़्वाब।
आगर दुंध खातिर मुझे तो समाजलंगा की हुं में एक
सावल
आगर नहीं दुंध पये तो समाज लेना
की तुम हो सिरफ
एक रहश्या का इत्तिफाक......."

जीवन का दर्शनशास्त्र

रिश्ते अपने हो ये पराए एक वक्त पर वो भी साथ छोड़ देते हैं क्योंकि जब संसार की आग एक बॉडी को लगती है तो उस वक्त उसकी चमरी भी उसका साथ छोड़ देती है तो उस वक्त हम इल्जाम उश रूह पर क्या लगाये जो आज भले ही हमारी है प्रति वक़्त की साथ उसकी भी फ़िदरत बदल ही जाति है|

ये सिर्फ एक कहानी नहीं एक दर्पण है भले ही उसकी हर एक लिखवात आर्टिफिशियल है प्रति इसकी हकीकत पूरी तरह से एक दर्पण है|